LES

ILLUSTRES REVENANS,

OU

PARIS VISITÉ PAR LES MORTS.

PAR

CLOVIS DETRANCHANT.

Paris.

DESLOGES, ÉDITEUR, RUE St-ANDRÉ-DES-ARCS, 39,

ET CHEZ TOUS LES LIBRAIRES.

1844.

IMPRIMERIE D'ÉDOUARD PROUX ET Cᶜ, RUE NEUVE-DES-BONS-ENFANS, 3.

LES

ILLUSTRES REVENANS,

OU

PARIS VISITÉ PAR LES MORTS.

I.

C'était par un de ces beaux soirs de printemps que le mois de mai nous prodigue avec tant de largesse.

La nuit était venue depuis long-temps. La sombre déesse, montée sur son char d'ebène, se promenait majestueusement dans l'infini, à la faible clarté du pâle flambeau des ombres qui marchait lentement devant elle.

Un silence profond régnait au sein de la nature. Pas un bruit n'en troublait le calme, si ce n'est le fracas presque éternel de la grande cité dont le sourd murmure s'amoindrissait progressivement, jusqu'à ce qu'il se fût tout à fait endormi dans le sommeil des mortels.

Alors, les rois et les princes de la terre avaient oublié leur grandeur et leur puissance, ainsi que l'éclat de leurs

4

sceptres et le poids de leurs couronnes déposés aux pieds
de leurs trônes.

Le riche orgueilleux, avare, égoïste et inhumain ne pen-
sait plus à ses vains trésors ; le pauvre, couché sous le toit
déchiré de sa rustique chaumière, ou bien entre les quatre
murs tristes et dénués de sa mansarde, jouissait en paix
de la courte trève que lui laissent, une fois chaque jour, et
le riche avide de la sueur de son front et les inflexibles
étreintes de la misère. L'homme vertueux dormait du sommeil des justes : le repos au cœur, la paix dans l'âme et
le calme dans la conscience. Le méchant, comme l'inique,
au sein de ses insomnies, cherchait à écarter de son lit
maudit les songes funèbres, les cris de vengeance, la ter-
reur armée du fer meurtrier et les remords brûlans qui
rongent le cœur. Enfin, les grands et les petits, les puis-
sans et les faibles, tout subissait en silence la loi impé-
rieuse du frère de la mort, du fils de la nuit, le sommeil
dans les bras duquel tout se réunit, et où toutes choses
sont nivelées par le voile de la sombre déesse.

C'est là seulement que règne l'égalité : l'égalité tempo-
relle dont la figure est si éloquemment tracée à l'image de
l'égalité qui doit régner dans l'éternité, sauf les modifica-
tions qui trouvent encore leur ressemblance dans le sommeil des justes et des méchans, comme dans le sommeil
des grands et des petits de la terre.

Tandis que tout reposait ainsi dans le monde temporel,
quatre grandes ombres sortirent des régions éternelles et
descendirent majestueusement vers la terre.

Parties de quatre points différens, elles se rapprochè-
rent progressivement, et alors qu'elles furent parvenues
presque au niveau de l'horizon du globe, elles parurent se
réunir et ne former plus qu'un seul groupe, d'où s'échap-
pait une lumière dont le vif éclat dissipa tout à coup les
ténèbres de la nuit. Mais bientôt, tout redevint sombre
comme auparavant, la brillante clarté produite par la céleste assemblée disparut, et la terre ne fut plus éclairée
que par l'éclat faible et scintillant des astres du ciel. Les
illustres revenans étaient descendus au niveau de la grande
cité ; dès lors, ils avaient voilé leur éclat immortel pour

échapper aux regards des humains, dont ils venaient visiter, contempler, apprécier et juger l'état présent, pour le comparer avec le passé et pour tirer de cet examen les conséquences que doit transmettre à l'avenir la situation que le temps a amenée et que les hommes de notre époque ont enfin réalisée.

La première de ces ombres s'arrêta en face du palais des Tuileries. Elle était bardée de fer de la tête aux pieds ; sa main gauche était appuyée sur la garde d'une longue épée en forme de croix ; un vaste et brillant bouclier, encore empreint de mille coups reçus dans mille glorieux combats, couvrait une partie de son corps. Sa main droite était posée sur son cœur comme pour en comprimer toutes les émotions ; près d'elle était un jeune brave, un mortel soldat pris dans un des corps-de-garde voisins. Le *maréchal* futur, entraîné par un pouvoir irrésistible, suivait le guerrier dont il ne pouvait se lasser d'admirer la grâce et la majesté. Il examinait curieusement le costume antique de cet étrange personnage, et malgré sa valeur naturelle et la fermeté de son courage, il semblait redouter les terribles étreintes des gantelets de fer qu'il voyait briller aux bras du fantôme, auquel, pour rien au monde, il n'eût osé offrir une affectueuse poignée de main.

C'était le grand Clovis. Il se trouvait en face du trône où siége aujourd'hui le successeur du pouvoir monarchique dont il fut le glorieux fondateur. Il venait en étudier les progrès et en faire la comparaison.

La seconde s'arrêta dans la cour du Palais-de-Justice. C'était Louis IX. Le saint roi ayant aperçu un homme du peuple couché au pied de son antique palais, le réveilla et le prit pour son cicérone.

La troisième, c'était saint Vincent de Paul. L'illustre bienfaiteur de l'humanité s'avança gravement vers l'Hôtel-Dieu, et après s'être un instant arrêté en face de la grande cathédrale, il alla frapper à une petite porte dont toutes les apparences révélaient la pauvreté et la souffrance. Bientôt un homme en sortit. Vincent de Paul lui fit signe de la main, et celui-ci le suivit aussitôt.

Le quatrième personnage était vêtu d'une redingote

grise. Il portait un petit chapeau orné d'une cocarde aux trois couleurs. Il se promenait, un bras derrière le dos, tandis que sa main droite maniait une longue-vue enrichie d'or et de pierreries. Celui-là, c'était le petit caporal, c'était Napoléon! Un de ses vieux guerriers pleurait de joie à côté de lui, et tous deux s'avancèrent vers la colonne Vendôme où il s'arrêtèrent, et où nous allons les laisser un instant pour venir les y reprendre un peu plus tard.

Comme les illustres revenans que nous venons de désigner s'en vont commencer leurs pérégrinations à travers le vaste dédale des rues presque solitaires de Paris, nous les suivrons pas à pas, et si le lecteur veut nous accompagner, il jouira, comme nous, du plaisir d'entendre les curieux dialogues qui doivent avoir lieu entre chaque héros et son cicérone.

Procédons d'abord par ordre, par rang d'âge, par droit d'ancienneté et surtout par ordre chronologique. Or, c'est le grand Clovis qui a la priorité à cet égard; d'ailleurs, c'est lui qui le premier se met en route, et le premier aussi, par conséquent, qui prend la parole; c'est donc lui que nous devons écouter et suivre tout d'abord.

II.

Clovis. — Jeune homme, approche-toi.

Le soldat. — Présent, mon officier.

Clovis. — Tu es militaire?

Le soldat. — Tourlourou, officier de guérite: voilà mon grade et ma position sociale, en attendant que je sois maréchal de France.

Clovis. — Quel pays est le tien?

Le soldat. — La France! ne vous en déplaise.

Clovis. — Fort bien! Mais en quelle partie de la France es-tu né?

Le soldat. — Ah! ça, c'est différent. Je suis né *natif* dans la patrie des bondons de fromage et du cidre le plus piquant et le plus généreux des quatre parties du monde.

Clovis. — La Normandie!

Le soldat. — C'est le pays qui m'a donné le jour. Mais

je m'étonne que vous m'adressiez cette question, car un Normand se reconnaît au premier coup d'œil.

Clovis. — Comment cela?

Le soldat. — C'est facile. Le signalement d'un Normand est écrit sur son physique avantageux. Grosse tête, petits yeux, larges épaules, courte encolure, figure rouge et rebondie, humeur gaie, satirique et joviale, prompt à s'emporter et à s'apaiser, gros pieds, mains légères et habiles à l'exercice, voilà son caractère et une partie de ses avantages; de plus, il a un autre signe tout particulier, au moyen duquel on le reconnaît plus facilement encore.

Clovis. — Lequel?

Le soldat. — Voilà, mon officier, répondit-il en tirant de la poche de son habit le Code pénal accompagné du Code civil; ce bijou-là ne quitte jamais le Normand toujours fidèle aux lois de la chicane.

Du reste, il est bon enfant, le Normand, on peut lui rendre cette justice. Il aime à obliger, et la patrie n'a pas de meilleur citoyen que lui. Qu'est-ce que vous avez, mon capitaine, on dirait que vous n'êtes pas de mon avis?

Clovis. — C'est que j'ai souvenance des vieilles habitudes normandes, car jadis ce peuple ne vivait que de rapines et de pillages. Et pour qu'il soit aujourd'hui tel que tu le dis, il faut qu'il ait bien changé depuis.

Le soldat. — Pour ça, c'est vrai. Mais je vous assure qu'il est totalement converti, et si, par-ci par-là, il lui arrive encore d'écorner le bien de ses semblables, c'est par habitude, mais nullement par mauvaises intentions. Vous savez que l'habitude est une seconde nature. D'ailleurs, aujourd'hui, mon capitaine, le Normand peut passer pour un modèle de probité, car on peut dire que les autres indigènes l'ont dépassé dans l'art de vivre aux dépens d'autrui; maintenant, c'est le bon genre, et on ne voit presque plus que cela dans le grand monde depuis que nous vivons sous le régime de la liberté.

Clovis. — Tu me parais instruit, jeune homme. Je vois avec plaisir que le peuple ait fait aussi des progrès dans la science et surtout que les Normands ne soient plus barbares.

Le soldat. — J'ai voyagé, mon capitaine, et voilà pourquoi je suis embelli d'une foule de talens dont j'aime à faire usage pour l'agrément de la société.

Clovis. — Tu connais l'histoire ?

Le soldat. — Je m'en flatte. L'histoire de Robinson Crusoé, des quatre fils Aymond, les Français et les Animaux peints par eux-mêmes, etc., etc.

Clovis. — Et la géographie ?

Le soldat. — Parfaitement ! Je crois bien, j'en suis passé à deux lieues !

Clovis. — Connais-tu aussi la grammaire ?

Le soldat. — Impossible, capitaine, elle était morte deux ans avant ma naissance.

Clovis. — Ton nom ?

Le soldat. — *Meâ culpâ*, mon général.

Clovis. — Il n'y a pas de mal. Je te demande ton nom.

Le soldat. — Je vous ai répondu *Meâ culpâ*, mon colonel. Je crois que ça suffit, et j'espère que ça suffira.

Clovis. — Je vois que tu es fier, jeune homme. Eh bien ! tant mieux, cela me fait espérer que le Français n'a pas encore perdu son caractère primitif. Voyons, pour la troisième fois, ton nom ?

Le soldat, exaspéré. — Miséricorde ! mon lieutenant ! mais vous êtes donc sourd ? Je me casse la tête de vous dire : *Meâ culpâ.*

Clovis. — Misérable ! tu joues la comédie, je crois, clama le héros en caressant son épée.

Le soldat. — Pardon, excuse, mon capitaine, mais c'est mon nom, et s'il vous paraît *intempestif*, j'en suis fâché, mais je ne veux pas le changer pour vous faire plaisir.

Clovis. — Comment ! tu te nommes Comédie ?

Le soldat. — Eh ! non pas ! *Meâ culpâ*, vous dis-je, voilà, prêt à vous obéir si je pouvais en être capable. J'espère qu'il est joli, mon nom ! Avec ça qu'il est à la mode ; aussi, peut-il se flatter d'avoir la vogue. Vraiment, aujourd'hui, on croirait que toute la France dit son *Confiteor* ! car *Meâ culpâ* est dans toutes les bouches. Les hommes les plus célèbres le prononcent sans cesse. S'ils voient un Anglais, ils s'inclinent en disant : *Meâ culpâ* ; s'il passe un

Prussien, vite on le salue en s'écriant : *Meâ culpâ.* Aux
Turcs, aux Russes, aux Cosaques, aux sauvages, à tout le
monde, enfin, on adresse ces mots : *Meâ culpâ! meâ culpâ!*
Donc, honneur à mon joli nom !

Clovis. — A la bonheur. Fi donc ! un Français avoir nom
Comédie, cela est impossible.

Le soldat. — Hélas ! mon général, si tous ceux qui la
jouent aujourd'hui, la comédie, portaient le nom de leurs rô-
les *respectifs*, la France serait métamorphosée presque
tout entière en Cirque-Olympique. Il y a tant de saltim-
bauques sur le sol de la patrie !

Clovis. — Que dis-tu là, mon brave ? Quoi ! le peuple
français serait si bas tombé ?

Le soldat. — Le peuple français ! Halte-là ! s'il vous
plaît. Mais voyez-vous, mon capitaine, aujourd'hui le peuple, c'est le bœuf dans toute la force du terme, passez-
moi l'expression. Le sol de la patrie n'est plus qu'un vaste
abattoir où l'on dit que tout doit enfin tomber sous la mas-
sue *de la paix à tout prix.*

Clovis, appréhendant le soldat au collet. — Tu mens,
misérable ! tu mens, te dis-je, ou bien ce pays n'est pas
la France.

Le soldat. — Je ne mens jamais, Monseigneur. Ce pays
est bien la France encore, Dieu merci ; mais du train que
vont les choses, les Français seront bientôt des Turcs, car
il y en a déjà *furicusement* qui sont Arabes.

Clovis, après un instant de triste réflexion. — Et ce palais, quel est ce palais ?

Le soldat. — C'est là que demeure S. M. Louis-Phi-
lippe Ier, roi des Français et non de Navarre.

Clovis. — Et le roi de France, où demeure-t-il ?

Le soldat. — Connais pas. Il n'y en a plus de roi de
France. Totalement éclipsé depuis 1830.

Clovis. — Pourquoi depuis 1830 ?

Le soldat. — Voilà la chose. En 1830, beaucoup de
gens, ambitieux et jaloux du bien d'autrui avaient voulu
empiéter sur les droits et les prérogatives de la royauté.
On avait jeté des pierres dans le jardin de la couronne, et
le roi les a renvoyées enveloppées dans trois ordonnances.

Les grands ont crié, le peuple s'est fâché, une bataille s'en est suivie. Elle dura trois jours, et, au bout de trois jours, le peuple était souverain, et la dynastie vaincue se vit forcée d'aller chercher un refuge en pays étranger.

Clovis. — Et qu'a fait le peuple de sa victoire?

Le soldat. — Hélas! il s'est endormi. Il a eu peur de son triomphe. De son bras puissant, il avait dépouillé l'arbre de ses fruits, et alors qu'il s'est retourné pour en prendre sa part, ni vu ni connu, tout avait disparu!

Clovis. — Mais qui donc s'en était emparé?

Le soldat. — Les plus malins!... ceux qui se reposaient, tandis que le peuple travaillait... Et, maintenant, on dit qu'ils les partagent...

Clovis. — Avec les vainqueurs, sans doute?

Le soldat. — Ah! bien oui! avec les étrangers! des Anglais, des Allemands, des Prussiens, des je n'sais quoi, enfin, et, tout cela, sous le prétexte d'entretenir l'amitié... par de petits cadeaux.

Clovis. — Mais ils ont donc peur?

Le soldat, regardant autour de lui. — Il est de fait qu'aujourd'hui la plupart de ces couards-là sont rassurés comme des épiciers dans une guérite, ni plus ni moins; mais, de grâce, parlons plus bas, mon général! Mille bombes! si l'on nous entendait, ça ferait *de la belle ouvrage!*

Clovis. — Sois tranquille, nul mortel ne peut m'atteindre. Je suis invulnérable.

Le soldat. — Hein?... Au fait, qui donc êtes-vous, à votre tour? Je serais bien flatté de faire votre connaissance et de savoir à qui j'ai l'honneur de parler?

Clovis. — Je suis un ami de la France, et jaloux de sa gloire autant que de son honneur.

Le soldat. — Beau masque de fer : je vous admire, vous avez mon estime. Mais permettez-moi une légère observation. Vous me paraissez grand de taille et de cœur; vous parlez comme un livre imprimé en lettres moulées; enfin, vous êtes fait pour les lauriers. Mais, entre nous soit dit, si vous voulez parvenir, soit ministre, soit n'importe quoi *que ce puisse être généralement,* je vous conseille de changer de langage et de manière de voir. L'honneur! la gloire ! tout cela est magnifique ; mais, voyez-vous, par le temps qui court, c'est une monnaie qui n'a guère de valeur.

Clovis. — Qu'est-ce à dire, soldat ? Depuis quand donc la conscience est-elle proscrite du sol de la patrie ?

Le soldat. — Faites excuse, mon capitaine, la conscience est toujours de saison ; mais, aujourd'hui, pour parvenir, il faut changer les anciennes pour en prendre de nouvelles en *caoutchouc.*

Clovis. — Qu'est-ce que c'est que cela, soldat ? De quoi veux-tu parler ?

Le soldat. — Une conscience en *caouchouc ?* Eh bien ! c'est une conscience à ressort, et à l'aide de laquelle celui qui en est enrichi peut sauter, bondir et rebondir sur le sol de plusieurs patries, ni plus ni moins qu'une balle de gomme élastique. C'est superbe ! ça fait fureur. Tout le monde en veut. Il n'y en a pas pour les pages.

Clovis. — Et quelle est la position du monarque, au milieu de tous ces dangers ? Que fait-il pour en préserver la France ?

Le soldat. — Que voulez-vous qu'il fasse ? Peut-il seul changer les cœurs des hommes ? Il s'est chargé d'une mission difficile, et pour la conduire à bonne fin, il lutte sans cesse contre les mauvaises passions et contre les dangers qu'enfante une révolution. On dit que sans lui nous serions peut-être Anglais ou Cosaques. Si telle est la nature de son dévoûment, il en est bien mal récompensé, car le sceptre qu'il manie est aussi lourd à porter qu'il est difficile à soutenir. Aujourd'hui, plus que jamais, les rois sont devenus les jouets des lâches et des intrigans ; chacun veut être riche et puissant, et, pour y parvenir, tous les moyens sont bons. On fait marchandise de tout ce qu'il y a de plus sacré pour assouvir la soif des passions. L'honneur du pays, sa gloire, ses triomphes, ses droits et ses prérogatives, comme sa dignité, la religion elle-même, tout est l'objet de la cupidité des hommes de ce siècle. Ils vendent tout pour de l'or. Ils vendraient même leur roi et leurs âmes pour en avoir encore !

Clovis. — Mais, pour faire trève à tant de soucis, le roi a-t-il une épouse, des enfans ?

Le soldat. — Oh ! pour ce qui est de ça, mon général, c'est du superlatif. La reine, c'est une sainte, c'est la mère des pauvres. Les fils du roi ont hérité des vertus de leur mère. Ils font honneur à la France.

Clovis. — Dieu en soit loué ! et qu'il daigne les guider dans une voie meilleure que celle qu'ont suivie mes fils qui, après moi, ont déchiré et souillé le bel héritage que je leur avais laissé.

Le soldat. — Hein ? que dites-vous ? Pardon excuse, je n'ai pas bien compris. Est-ce que vous seriez un prince ?

Clovis. — Peut-être, autrefois.

Le soldat. — Si c'est cela, vous n'êtes donc pas Français ? car vous avez là un costume qui me paraît tant soit peu *indigène*.

Clovis. — Silence ! et suis moi.

Le soldat obéit sans dire mot ; mais il était en proie à mille pensées qui se pressaient en foule dans son esprit. Il eût bien voulu retourner au corps-de-garde, mais il sentait que l'illustre revenant l'entraînait à sa suite par une force dont il ne pouvait se rendre compte et sans qu'il lui fût possible de faire un seul pas en arrière. Il se contenta de soupirer, puis il suivit en silence le grand roi dont il était, sans le savoir, le guide et l'interprète. Cependant, une partie des désirs de *Meâ culpâ* se réalisa pour un instant ; car, après quelques minutes de marche, Clovis s'arrêta en face du corps-de-garde où il avait recruté ce compagnon de ses pérégrinations.

— Entrons ici, lui dit le grand roi, et souviens-toi que je ne suis visible que pour toi.

Tout en parlant ainsi, Clovis entra, et *Meâ culpâ* le suivit silencieux et étonné. Nous allons les laisser dans cet endroit pour suivre d'autres personnages ; mais nous reviendrons les y rejoindre pour être les témoins des scènes curieuses qui vont avoir lieu.

III.

LOUIS IX.

En apercevant devant lui le père de cette longue suite de rois qui ont illustré la France depuis plus de huit siècles, l'inconnu que ce monarque venait de réveiller se leva et parut comme effrayé à la vue de cette grande ombre qui le captivait du regard et du geste.

Le saint roi était revêtu d'un long manteau d'azur, orné de lys d'or; une longue chevelure blonde retombait en tresses nombreuses et flottantes sur ses épaules; sa main gauche retenait sur sa poitrine les deux extrémités de son manteau, et sa main droite soutenait un sceptre d'or sur lequel le pieux monarque semblait s'appuyer comme pour se reposer.

Quant à notre inconnu, il était en proie à tout l'étonnement dont son âme était saisie, et c'était en vain qu'il cherchait à deviner quel pouvait être ce personnage, si nouveau pour lui, s'aventurant, sous un costume si excentrique, à travers les rues de Paris et au milieu de la nuit.

— Cet homme est sans doute comme moi, se disait à part lui le dormeur, il n'a pas de domicile politique et il se promène en attendant le jour. C'est égal, ajoutait-il en soupirant, j'aurais mieux fait d'aller passer la nuit à la *Souricière* (1), car la vue de ce personnage m'inquiète et m'importune ; si c'était un agent de police? Mais non, l'agent de police n'oserait prendre ce costume pour se voiler aux regards de ceux qu'il guette.

Celui qui parlait ainsi avait lui-même un costume qu'il n'est pas besoin de décrire. C'était, au grand complet, les tristes insignes de la misère et du dénûment ; quant à sa figure, elle était telle que chacun peut l'attendre d'un homme réduit à coucher à la belle étoile, comme un mendiant espagnol et un lazzarone napolitain ou vénitien : le front chauve, la chevelure poudreuse et désordonnée, les yeux brillans et caves, les joues creuses, décharnées, livides et violacées comme celle d'un cadavre fraîchement exhumé : tel était l'aspect de celui que le saint roi venait de rencontrer. — C'était une ombre humaine, près d'une ombre céleste. — Et pour qui les eût rencontrés à cette heure de la nuit, ce n'eût été rien autre chose que deux réels fantômes.

Louis IX s'approcha lentement de l'inconnu et lui dit d'une voix douce et gravement accentuée :

---

(1) La *Souricière* est un endroit ouvert à toute heure pour recevoir ceux qui n'ont pas d'asile, et ceux qui ne peuvent rentrer dans leur domicile.

— Jeune homme, approche-toi sans crainte, je désire te parler.

L'inconnu eût bien voulu s'enfuir, mais il sentait que celui qui lui adressait ces paroles était un de ces hommes auxquels il faut obéir de gré ou de force ; il soupira et se résigna.

— Je suis à vos ordres, chevalier, répondit-il, que me voulez-vous ?

Saint Louis. — Comment te nomme-t-on ?

L'Inconnu. — J'ai nom Raoul, Polycarpe, Fleur-d'E-pine, répond en tremblottant celui que nous désignerons maintenant par le nom qu'il vient de décliner.

Saint Louis. — Quel est ton état ?

Fleur-d'Epine. — Poète satirique ; ma profession est aussi belle et tout aussi piquante que mon nom, et je me flatte de l'honneur de n'avoir pas encore rencontré mon égal pour la qualité et la finesse de mes pointes ; piquer et déchirer, partout et toujours, voilà mon caractère ; aussi, je suis comme le buisson qui borde les grands chemins, j'arrache toujours, à chaque mouton qui passe, une partie de sa toison.

Saint Louis. — Que faisais-tu là sur les marches de ce palais ?

Fleur-d'Epine.

> J'étais venu sans bruit
> Aux ombres de la nuit,
> Demander un manteau pour servir de retraite
> A mon individu que la police guette,
> Pour le rendre au suppôt,
> Gardien de mon cachot.

Saint Louis. — Qu'entends-je ! Tu serais un coupable échappé de sa prison ?

Fleur-d'Epine. — Coupable ! non pas précisément ; mais condamné et prisonnier échappé, je le suis.

Saint Louis. — Comment ? tu es innocent et la justice t'aurait condamné ; mais cela me paraît impossible.... explique-moi comment il se peut faire qu'il en soit ainsi?

Fleur-d'Epine.

> Je vais succinctement
> Vous raconter la chose.
> Voici l'événement
> Qui me fit mettre en cause.

Saint Louis.

> Epargne-moi les vers.

Fleur-d'Epine.

> Je vais parler en prose.

Saint Louis.

> Les faits seront plus clairs.

Fleur-d'Epine.

> Pourtant, j'en suis marri, car toute mon estime,
> Depuis plus de quinze ans est vouée à la rime.

Saint Louis. — Enfin, quel crime est le tien?
Fleur-d'Epine. — Aucun! vous allez en juger. Je n'ai que deux mots à dire pour exposer ma justification.

IV.

Il y a un an environ, j'étais provisoirement clerc chez un avoué, c'était un homme dur et impitoyable comme la plupart des hommes endurcis au contact des affaires judiciaires, dont ils ont fait, pour leurs coffres-forts, une des mines du Potose, comme ils ont fait un véritable Pactole des larmes de la veuve et de l'orphelin. Bref, suivez bien mon raisonnement. Un jour, je monte par hasard au septième étage d'une maison, j'entre dans une mansarde, et là, gisant sur

la paille, je vois un père et une mère arrosant des larmes
brûlantes du désespoir deux jeunes enfans que la misère
honteuse et la faim cruelle avaient conduits aux portes du
tombeau. A la vue de tant de misère, mon cœur fut ému
de pitié. Je questionnai ces malheureuses victimes pour
connaître la cause de leur profonde détresse, et je ne tardai pas à apprendre qu'elles avaient été ruinées par un misérable qui avait lâchement abusé de leur confiance et de
leur crédulité. Muni des renseignemens que je venais de
puiser, je ne tardai pas à connaître l'auteur d'une telle
énormité; cet homme, vous le dirai-je, c'était celui que je
servais. Oh! alors, voyez-vous, mon indignation ne connut
plus de bornes, je formai le projet de sauver l'innocence
opprimée et de la venger de l'infamie de mon maître; enfin, je pris, dans la caisse qui m'était confiée, une valeur
de mille francs, et la pauvre famille fut sauvée; mais bientôt je fus accusé, et mes juges me condamnèrent sans pitié et sans miséricorde!

Saint Louis. — Pourtant, tu avais rendu à César ce qui
appartenait à César. — Et en faveur des sentimens généreux qui t'avaient égaré, tes juges auraient pu avoir plus
de clémence.

Fleur-d'Epine. — Hélas! sire chevalier, vous ne savez
donc pas que la loi est sourde et inflexible, en face
des apparences du crime; on assure même qu'elle doit l'ê-
tre, alors qu'il s'agit d'un fait prévu par l'un de ses arti-
cles. Les intentions de l'accusé ne sont rien pour elle;
aussi, malgré mes sentimens d'humanité, et quoique j'aie
accompli l'un des plus beaux préceptes de l'Evangile, j'ai
été condamné par la justice humaine pour avoir exécuté
un acte de haute justice.

Saint Louis. — Et maintenant, tu es sans asile?

Fleur-d'Epine. — Absolument, monseigneur, je suis
tout ce qu'il y a de plus *paria* au monde, et pauvre
comme Job.

Saint Louis. — Veux-tu me suivre?

Fleur-d'Epine. — Je ne puis vous obliger, car la police a trop bon œil.

Saint Louis. — Avec moi, tu es en sûreté; nul ne peut attenter à ta liberté.

Fleur-d'Epine. — Alors, je vous suis et je ne vous quitte pas d'un pas.

Saint Louis. — Dis-moi, jeune homme, maintenant que la justice humaine a voué ton nom à la réprobation publique, quels seront tes moyens d'existence? La loi a-t-elle enfin trouvé des garanties pour la société, contre les dangers auxquels celle-ci est exposée de la part de ceux qu'elle a proscrits de son sein?

Fleur-d'Epine. — Elle a prévu toutes les peines à infliger; mais elle n'a encore rien fait de plus.

Saint Louis. — Eh quoi! mon Dieu! la France, si riche de tes bienfaits, en est encore à ce point de ses progrès: c'est un grand arbre dont la surface est belle; mais cette brillante écorce qui le recouvre cache bien des plaies que le temps est loin d'avoir cicatrisées. Mais toi, jeune homme, que comptes-tu faire, enfin, pour gagner ton pain, après avoir expié le châtiment que la loi t'a imposé?

Fleur-d'Epine.

Aux plus gros animaux, Dieu donne la pâture:
De sa bonté, comme eux, j'attends ma nourriture.

Saint Louis. — Ces sentimens et cette juste confiance honorent ton âme; mais ceux que n'inspire pas la même foi, que feront-ils? Où iront-ils puiser leurs ressources en sortant des mains de la justice?

Fleur-d'Epine. — Repoussés de tous les points de la société, abandonnés aux funestes inspirations du désespoir, ils appellent à leur secours la perversité et ils font leur métier du crime, auquel ils donnent le titre d'industrie, en attendant que les hommes leur trouvent d'autres moyens de se soustraire à la misère honteuse, cette source empoisonnée où va se désaltérer le vice, avide de rapine et de vengeance,

Saint Louis. — Et où se rendent aujourd'hui les arrêts de la justice humaine ?

Fleur-d'Epine. — Là, dans cet antique palais des rois.

Saint Louis. — Dans ce palais, où jadis....

Ici le saint roi se tut, et après un instant de réflexion :

Autrefois, ajouta-t-il, le roi de France jugeait lui-même ses sujets sous les vastes rameaux d'un chêne.

Fleur-d'Epine. — A Vincennes! l'histoire seule a conservé le souvenir de ce beau temps, c'est tout ce qui nous reste de cette magnifique coutume ; mais aujourd'hui, tout est bien changé : jadis, Vincennes était le temple de la justice, maintenant il est devenu l'école de la guerre. Là, on apprenait à honorer, à respecter les hommes ; on y apprend, de nos jours, à les tuer avec adresse.

Saint Louis. — Qui rend la justice, en France? le roi, sans doute ?

Fleur-d'Epine. — Pas précisément. Il lui reste le droit d'en sanctionner ou d'en rejeter les arrêts ; les prérogatives de la clémence sont toujours entre ses mains ; mais l'exercice de la justice est confié à des procureurs, à des avocats, à des juges et à des jurés. Autrefois, il y avait un seul juge pour tout un peuple ; aujourd'hui, le peuple en a par milliers. Jadis, on jugeait ses semblables pour l'amour de Dieu et de l'humanité ; mais maintenant, on devient juge, avocat et procureur pour amasser de l'or ; on se fait l'un ou l'autre, comme on se fait marchand de lunettes ou garçon épicier.

Saint Louis. — Mais qui donc a pu amener un tel changement?

Fleur-d'Epine. — La nécessité. En effet, comment le roi seul pourrait-il juger les crimes nombreux de ses sujets; toute sa vie entière suffirait à peine pour entendre les plaintes qu'une seule année amène au sein de la plus petite de nos cités.

Saint Louis. — Les crimes des hommes sont donc bien multipliés?

Fleur-d'Epine, — Autant que le nombre des feuilles

qui verdissent les arbres des bois; ils sont innombra-
bles.

— Ah! ma belle France, combien je plains tes infortunés enfans! s'écria le vertueux prince, d'un ton de dou-
loureuse compassion; et dit-on, ajouta-t-il, en s'adressant
à Fleur-d'Epine, à quelles causes on doit attribuer l'accroissement des délits et des crimes?

Fleur-d'Epine. — Les uns attribuent cette fatale pro-
gression à la civilisation, d'autres la font naître du progrès; celui-ci pense qu'elle vient de la liberté, et celui-là,
au contraire, soutient que cette grande multitude de crimes est due à la vieillesse de la justice, dont l'empire aurait subi, dans sa marche décroissante, l'influence nécessaire de Thémis, affaiblie par l'âge et la décrépitude. Quant
à moi, sire chevalier, si vous me permettez de vous faire
connaître mon opinion à cet égard, je vous avouerai que
je suis convaincu que le déluge de délits dont le monde
est inondé vient des quatre causes que je viens de signa-
ler, et que c'est à leur concours réuni que la société est
redevable de toutes ses misères comme de tous les vices
qui l'assiègent.

Saint Louis. — Explique-toi; je t'écoute avec la plus
vive attention. Je suis curieux de connaître tes pensées à
ce sujet, auquel j'attache la plus haute importance.

Fleur-d'Epine. — Je vous obéis, seigneur. — D'abord,
je dis que la civilisation est une des sources où la société
va puiser ses délits : cela est vrai, et voici pourquoi :

La civilisation fait naître le luxe et la mollesse, et le
luxe et la mollesse enfantent l'orgueil et la vanité qui, à
leur tour, entraînent à leur suite mille nécessités auxquel-
les chacun éprouve le besoin de se soumettre. Dès lors, on
veut briller à tout prix; mais, pour briller, il faut de l'or,
beaucoup d'or! Et pour en avoir autant qu'en exige la soif
ardente des passions, dont le luxe grandit la voix im-
périeuse, il n'est qu'un seul moyen, c'est de se former ha-
bilement à l'art d'exploiter la confiance de ses semblables
pour vivre et briller à leurs dépens, ou bien de se faire
voleur de profession. Ainsi, vous le voyez, d'un côté, les
délits, et de l'autre, les crimes; mais la civilisation procure

un autre avantage en ce genre : elle sait si bien voiler les apparences du vice, elle se sert avec tant d'habileté du masque des dehors séduisans des belles manières, des formes de la bonne société, qu'aujourd'hui le plus roué voleur est celui qui passe pour le plus honnête homme. Il y en a même qui volent avec tant d'adresse et de subtilité, qu'ils parviennent à dépasser la plus profonde sagesse et la plus grande équité, au point d'en obtenir une croix d'honneur ; de telle sorte que la justice, dont la vue est si faible, vu son grand âge, qu'elle porte des lunettes, condamne quelquefois le volé en place du voleur, sous le prétexte que celui-ci, ayant été attaqué dans son honneur, il a droit à une réparation et à des dommages et intérêts.

Et puis, ce n'est pas tout, chevalier, la civilisation ne s'arrête pas en si beau chemin ! Autrefois, un voleur était pendu sans miséricorde : le parricide, le traître, les félons subissaient des châtimens proportionnés à la grandeur de leurs forfaits ; enfin, tous les hommes étaient égaux sous le glaive de la justice ; mais, aujourd'hui, c'est différent, tout est changé, on les punit presque pour rire, pour la forme, de sorte qu'il n'est pas rare de rencontrer des familles vouées à la honte de la misère, aux angoisses de la douleur, tandis que les auteurs de leurs infortunes sont traités comme des princes dans les prisons où ils sont enfermés, pourvu, toutefois, que ces condamnés ne se soient pas rendus coupables de délits politiques, ce qui, alors, change tout-à-fait la position des choses.

Mais si je vous disais le projet de certains législateurs, vous seriez bien autrement étonné.

Saint Louis. — Que pourrais-tu m'apprendre encore, grand Dieu ?

Fleur-d'Epine. — Vraiment ! je n'ose aller plus loin, car au courroux que je lis dans votre regard, il est facile de prévoir que je pourrais passer à vos yeux pour un imposteur.

Saint Louis. — Parle ! parle ! jeune homme, je veux tout savoir ; d'ailleurs, que pourrais-tu me conter qui dépassât en iniquité tout ce que je viens d'entendre ?

Fleur-d'Epine. — Vous le voulez ? Eh bien ! je continue. — Sachez donc, illustre voyageur, qu'il est question, toujours en vertu des lois de la civilisation, de supprimer la peine de mort, les galères et beaucoup d'autres peines afflictives prévues par la sagesse de nos aïeux, pour venger la société outragée dans ses droits, dans ses biens et dans son honneur. J'ai même entendu dire, mais je n'ose y croire, qu'il viendra un temps, qui n'est pas éloigné, où les hommes se rendront criminels pour se procurer toutes les douceurs d'une existence comfortable refusée ici-bas à la plupart des honnêtes gens. En effet, qui osera les en blâmer, si chaque jour enfante un nouvel appât pour la perversité? Les condamnés seront abrités dans des palais. Une table bien servie sera constamment ouverte pour eux; ils jouiront de tous les plaisirs de la promenade; ils pourront lire, écrire à leur gré, chanter, rire, boire et jouer seuls ou en commun; enfin, bon vin, bon lit, bonne chère, et presque rien à faire, voilà le sort qui attend les coupables futurs. Vraiment! c'est à tenter la soif de bien-être qui dévore tant de malheureux citoyens!

Saint Louis. — Et c'est alors que les crimes sont le plus nombreux, que les défenseurs de la société songent à inventer de semblables systèmes. Oh! sagesse des nations, sublime flambeau que Dieu t'avait apporté du ciel, qu'es-tu devenue entre les mains des hommes aux mains desquels tu as été confiée? Quel sort est le tien? et quel triste avenir est réservé aux siècles qui viendront succéder à celui-ci. Mais, s'il en est ainsi, qui donc voudra encore rester fidèle à la vertu et aux principes de l'équité et de la probité?

Fleur-d'Epine. — La vertu! la probité! que voulez-vous qu'on en fasse alors qu'elles ne serviront plus que comme des moyens propres à alimenter les passions humaines. Il y a assez long-temps que Dieu gouverne le monde, n'est-il pas juste que les hommes qui l'ont changé, le dirigent à leur tour.

Saint Louis. — Malheureux! tu blasphèmes!

Fleur-d'Epine. — Pardonnez-moi, seigneur chevalier, ce n'est pas moi qui parle ainsi, ce sont les grands philo-sophes de ce siècle, Dieu les gêne et ils veulent le changer et remplacer son autorité par l'omnipotence qu'ils ont faite à leurs doctrines.

Saint Louis. — Dieu est éternel, et la philosophie périra victime de son aveuglement après avoir anéanti toutes les espérances de la société.

Fleur-d'Epine. — Je le crois comme vous, noble étranger ; mais passons au progrès, autres sources de crimes et de délits.

Saint Louis. — Comment le progrès peut-il être la cause de l'accroissement des crimes ?

Fleur-d'Epine. — Cela est facile à comprendre. Toutes choses ont progressé dans notre siècle, comment le vice serait-il demeuré seul en arrière ? D'ailleurs, il existe un système qui dit que rien ne doit rester à l'état de *statu quo*, que tout doit marcher et grandir, voire même le budget monstre, excepté la prospérité promise par la Charte *constitutionnelle* et *vérité*.

Quant à la liberté, vous concevez qu'elle ouvre un vaste champ à la perversité ; car, en définitive, puisque toutes les opinions sont libres, ainsi que toutes les consciences, il est juste d'admettre qu'il soit permis à certaines personnes de n'en pas avoir du tout. Aussi, de nos jours, chacun crie : *Vive la liberté !*

Saint Louis. — Mais la justice a toujours ses droits à exercer, car elle est éternelle comme Dieu, son éternel auteur.

Fleur-d'Epine. — C'est possible ; mais comme les hommes sont mortels, ils trouvent que la justice est trop vieille pour qu'ils puissent vivre avec elle en bonne intelligence. Ils disent qu'elle a perdu tous ses attraits et qu'elle radote. La société est en guerre ouverte avec Dieu, comment voudriez-vous qu'elle vécût en bonne harmonie avec la justice. Il faut être conséquent avec soi-même. — Tenez, en voilà la preuve, et c'est la chambre des députés qui nous la procure à point nommé. Nous avons bien fait de diriger nos pas de ce côté.

Saint Louis. — Que veux-tu dire ?

Fleur-d'Epine. — Vous voyez bien cette magnifique statue ?... Eh bien ! la reconnaissez-vous ?

Saint Louis. — Parfaitement! c'est la justice portant sa balance emblématique.

Fleur-d'Épine. — C'est parfaitement cela! Eh bien! sire chevalier, autrefois cette déesse avait sa place dans l'intérieur de ce palais, où des hommes font des lois à d'autres hommes; mais, en la voyant vieillir, ceux-ci l'ont moins aimée. Sa vue leur était importune, cela se conçoit; et, un beau jour, ils l'ont fait jeter à la porte, où elle soupire et grelotte, refroidie qu'elle est par le temps, aux rigueurs duquel est elle exposée!

Tandis que Fleur-d'Epine parlait ainsi, quatre hommes passèrent en face de nos deux personnages.

Saint Louis. — Quel est cet homme que l'on entraîne ainsi comme un criminel?

Fleur-d'Epine, après avoir regardé le groupe que lui indiquait son illustre compagnon. — C'est un prêtre que l'on conduit en prison.

Saint Louis. — Un prêtre! de quel crime s'est-il donc rendu coupable?

Fleur-d'Epine. — Il a imité Jonas. Il a crié dans Ninive pour annoncer les malheurs qui menacent les rois et les peuples. On a trouvé qu'il faisait trop de bruit et que sa voix était trop grande, trop forte et trop hardie, et on l'a condamné à aller, pendant quinze jours, habiter dans le ventre de la baleine.

Saint Louis. — Et ici, là, quel est encore ce malheureux que ces hommes conduisent malgré ses cris et sa résistance?

Fleur-d'Epine. — Attendez, je vais m'en informer... (Revenant.) C'est un mendiant que l'on conduit dans les cachots de la police pour avoir osé dire qu'il avait faim, et que ses enfans, à lui, n'ont pas mangé depuis quatre jours.

Saint Louis. — Suivons-les, je veux voir ce qui se passe dans les prisons où l'on amoncelle les prévenus. Suis-moi, jeune homme.

Fleur-d'Epine. — Mais je vais être pincé, sire chevalier.

Saint Louis. — Tu ne seras ni reconnu ni inquiété. Viens, et sois sans inquiétude.

Fleur-d'Epine, soupirant. — Voilà qui se complique!... Mais, c'est égal, je suis sûr que nous allons voir des choses curieuses dans ce repaire. En avant la rime et la satire!

Saint Louis, après avoir jeté un dernier regard sur le Palais-Bourbon, se dirigea vers son antique demeure, en suivant la rive gauche de la Seine. Fleur-d'Epine le suivait, et tous deux marchèrent quelque temps sans proférer une seule parole.

Parvenus à la hauteur du Pont-des-Arts, Louis IX s'arrêta, et s'adressant à son compagnon :

— Quel est ce monument? lui demanda-t-il en désignant l'Institut.

Fleur-d'Epine. — C'est le palais de la science humaine. C'est ici que siègent les membres de l'Académie française et tous les savans dont les noms, la plupart inconnus, aspirent à l'immortalité.

Saint Louis. — Fort bien!... En effet, cet édifice me paraît très avantageusement situé pour aider ces hommes illustres à étudier les grands principes qui conduisent à l'immortalité; car, pour arriver dans ce palais, ils doivent souvent traverser ce grand fleuve dont les vagues fugitives sont le miroir des secrets de la nature et l'image fidèle de la fragilité et de la brièveté de la vie.

Fleur-d'Epine. — Ajoutez, à cette haute considération, que ces messieurs sont là on ne peut mieux placés pour satisfaire leur passion dominante qui consiste à pêcher, surtout en eau trouble...

Oh! pour cela, c'est une justice à leur rendre, ce sont des hommes par excellence, et il est permis d'affirmer, sans craindre d'être démenti, que ce sont de *grands pêcheurs!!* Ce qui le prouverait, c'est que, depuis J.-J. Rousseau, pas un seul de ces Messieurs n'a encore osé publier ses confessions... Quel dommage pour les chroniqueurs! J.-J. avait bien raison de dire que son exemple ne serait suivi par personne.

Saint Louis. — Et que produit d'utile à la France ce grand corps de savans?

Fleur-d'Epine. — De la vapeur, beaucoup de vapeur, plus, une immense quantité d'eau claire. L'une s'échappe par un grand nombre de cheminées, et l'autre par la gueule des lions que vous voyez assis là de chaque côté de ces deux portes. Ces deux genres de produits scientifiques sont de la plus grande nécessité de nos jours : le premier sert à transporter les hommes et les choses avec une vitesse qui dépasse celle des hirondelles (ne pas confondre avec les *omnibus* de ce nom), et l'autre à purifier la France de toutes ses souillures ; aussi, est-il question d'inscrire ces mots au dessus de ce beau monument : *Aux grands hommes de l'Institut, les banqueroutiers et les buandières reconnaissans.*

Le saint roi se tut après ces paroles de Fleur-d'Epine, qui continua à marcher en suivant la même direction. Au bout de quelques minutes, le grand monarque s'arrêta de nouveau, comme saisi par une soudaine apparition.

— Hein?... murmura Fleur-d'Epine, est-ce que vous auriez vu quelqu'agent de police? C'est la patrouille, peut-être?...

Saint Louis. — Non, je n'ai rien remarqué de ce genre qui puisse t'effrayer. D'ailleurs, ne t'ai-je pas assuré qu'avec moi ta personne est inviolable?

Fleur-d'Epine. — C'est juste, chevalier, mais la peur ne raisonne pas. Pourquoi donc, alors, vous arrêtez-vous si inopinément?

Saint Louis. — Je cherche à m'expliquer la cause de la surprise que m'inspire la vue de ce genre de pavage sur lequel nous marchons depuis quelques secondes.

Fleur-d'Epine. — C'est une nouvelle invention. C'est un pavage en bois. La ville de Paris, fatiguée de traiter de gré à gré avec ses anciens entrepreneurs, délégua naguère quelques hauts fonctionnaires expérimentés qui cherchèrent pendant un temps à traiter *de bûche à bûche.* Bientôt on vit une partie des rues de Paris promptement parquetée. Mais on ne tarda pas à reconnaître les inconvéniens de ce nouveau mode de pavage, et, à l'heure qu'il est, il paraît que l'administration l'a complètement abandonné sur la foi des promesses d'une personne qui lui a annoncé une autre invention qui consisterait, assure-t-on, à paver Paris au moyen d'un grand nombre de philippes de cinq francs, et sans qu'il en coûte un seul napoléon au gouvernement qui les aime beaucoup, les napoléon, surtout lorsqu'ils sont en or.

Saint Louis. — Dit-on pourquoi encore le pavage en bois est rejeté? En a-t-on signalé les principaux inconvéniens?

Fleur-d'Epine. — Mais oui. Ils sont au nombre de deux. Les voici : le premier, c'est qu'à la longue cet élément

de pavage a la manie de se métamorphoser en amadou,
ce qui est très dangereux pour les incendies ; et comme
certains grands personnages s'imaginent sans cesse qu'ils
marchent sur un volcan, ils ont très judicieusement con-
clu qu'il serait peu rationnel d'en créer encore un nouveau ;
le second, c'est que si le pavage en bois se mettait un jour
à suivre les lois de la végétation, il arriverait tout naturellement que la grande capitale serait tout à coup changée
en une vaste forêt de Bondi ! Or, vous comprenez que
cela serait peu agréable pour les goussets et les coffres-
forts bien garnis, bien moins encore pour le pauvre peuple parisien ; car, s'il était jamais ainsi réduit à la triste
position de lapin de garennes, qui pourrait alors le garantir
contre les attaques des tigres, des lions, des ours et des
vautours qu'on laisse rôder en toute liberté, et à la vora-
cité desquels la société n'est déjà que trop exposée ?

Tout en parlant ainsi, nos deux voyageurs marchaient
toujours. Bientôt ils arrivèrent en face de la Conciergie,
et, quelques secondes plus tard, ils entraient, sans coup
férir, dans une de ses sombres prisons où sont entassés
les prévenus qui attendent le jour et l'heure de leur ac-
quittement ou de leur condamnation.

Au moment où nos deux voyageurs firent leur apparition dans cet asile du crime et de la prévention, un grand
mouvement, accompagné d'un bruit sourd et sauvage, s'o-
pérait parmi les prisonniers. Voici à quel propos.

Nous n'essaierons pas de faire une description exacte
de l'intérieur du repaire où nous conduisons le lecteur.
Nous nous dispenserons aussi de faire passer devant lui,
pour les soumettre à son étude physiologique, chacun des
personnages qui vont paraître en scène ; cela nous paraît
inutile et presque étranger à notre sujet. D'ailleurs, nous
n'apprendrions rien de neuf à personne, et voilà pourquoi
nous passons, sans autre examen, à l'objet qui nous inté-
resse le plus.

Tous les détenus étaient rangés en demi-cercle autour
d'un banc de bois sur lequel étaient assis quatre hommes
affectant un air triste et résigné. Plus loin, en face d'une
petite table en bois, on voyait un grand gaillard, siégeant

sur un tabouret également en bois, vêtu d'oripeaux, de bizarres haillons, imitant, dans leur ensemble burlesque et affreusement bigarré, le costume d'un président de cour d'assises.

Après un instant de silence, le président improvisé prit la parole, et s'exprima en ces termes :

« Messieurs, il est entendu que l'amusement auquel nous allons nous livrer n'a qu'un seul but, celui de tuer le temps. Or, nous déclarons que nous ne voulons attaquer personne, et tant pis pour ceux qui pourraient s'approprier quelques unes de nos paroles. Chacun connaît sa propre conscience : or donc, nous supposons que nous sommes les habitans d'une île jadis sauvage et aujourd'hui éclairée par le flambeau de la civilisation; là dessus, je commence. Attention, et motus!

» Habitans de *la Terre des Lauriers*, en vertu des pouvoirs dont vous m'avez investi, j'ai fait appeler et comparaître devant vous quatre de nos concitoyens accusés et convaincus de félonie, de haute trahison, de malversation et d'abus de confiance envers la nation. Les quatre prévenus sont ceux que vous voyez assis sur ce banc. Leurs causes vont être soumises à vos appréciations, à la haute sagesse de votre justice, et vous aurez à prononcer contre eux les peines prévues par nos lois et règlemens.

» Voici l'exposé succinct des principaux chefs d'accusation formulés contre les prévenus. Accusés, levez-vous? »

Les accusés se lèvent. Ils ont les mains liées derrière le dos. Le président continue ainsi:

« *Anglischmann-Janus*, vous êtes accusé d'avoir fait un coupable trafic des droits et de l'honneur *de la Terre des Lauriers*; vous avez aussi méconnu les vœux unanimes du grand peuple en forçant plusieurs de ses braves défenseurs à courber humblement leurs fronts en face de ses ennemis; de plus, vous êtes atteint et convaincu d'avoir quitté votre état et votre pays pour aller offrir vos services et votre dévoûment à plusieurs nations étrangères. Qu'avez-vous à répondre pour votre justification? »

Anglischmann-Janus. — Je proteste avec toute l'énergie dont je suis capable, avec la bonne foi et la franchise, généralement reconnues, qui honorent et distinguent ma vie passée, contre les premiers chefs d'accusation exposés par l'honorable président de cette cour. Quant au dernier point, je n'ai qu'une chose à dire, c'est que je n'ai quitté le sol de la patrie que parce qu'il était devenu trop chaud et qu'il me brûlait les pieds. D'ailleurs, je voulais apprendre une industrie qui, alors, était moins prospère ici qu'au pays où j'ai été l'étudier. Voilà ce que j'ai à dire, et je le répète, je ne puis que protester contre tout le reste.

Le président. — Nous savons parfaitement que vous avez toujours été un zélé et fougueux *protestant*; mais quelle industrie allez-vous donc étudier en pays ennemi?

Anglischmann-Janus. — J'allais faire des observations sur le commerce de *gants*.

M. le président. — Ainsi, vous étiez un homme de plume et vous vous êtes fait un homme de *gants*. Vous avez encouru la peine des renégats, et, en vertu des lois qui nous régissent, nous requérons contre vous la peine de la hart. Et, à cet égard, je consulte l'opinion des représentans du peuple.

La culpabilité étant reconnue à l'unanimité sur tous les chefs d'accusation, la sentence est prononcée.

On passe au deuxième prévenu.

Le président. — Ulysse *Tiersicot*, laissant à l'honorable assemblée du peuple le soin de juger et d'apprécier toutes les fautes dont vous êtes accusé, nous vous déclarons coupable d'avoir provoqué contre la nation une mesure qui a eu pour résultat d'enfermer une partie des citoyens *de la Terre des Lauriers* dans un tas de pierres dont chaque voix élève contre vous un cri de réprobation. Qu'avez-vous à répondre pour votre justification ?

Ulysse Tiersicot, après avoir essuyé ses lunettes. — J'ai à répondre ceci : — Je serai court, comme je le suis toujours naturellement. — J'ai travaillé dans l'intérêt du peuple, et, loin d'avoir encouru sa colère, je déclare que j'ai mérité son admiration et sa reconnaissance. Je le prouve. — Les citoyens, dont vous parlez, se plaignaient de la rigueur du froid et de l'impossibilité dans laquelle ils se trouvaient de se réchauffer, vu la cherté des bûches et des cotterets, surtout depuis l'emploi du système inventé pour la destruction des bois et des forêts. Emu de pitié à la vue du refroidissement de la nation, j'ai proposé l'établissement d'un immense paravent chinois, flanqué de *calorifères*, placés de distance en distance, et au moyen desquels il soit possible de soustraire le peuple à l'influence du vent de la tempête, et de le réchauffer par le jeu des soupapes adaptées à chaque calorifère. Mon projet a été adopté et exécuté. Quel mal ai-je fait ? Aucun, si ce n'est aux marchands de bois qui, sans doute, sont les uniques moteurs de l'accusation qui pèse sur moi.

Le président. — Vous vous êtes trompé, accusé, votre

invention est une insulte faite au peuple que vous avez prétendu protéger. Comment voulez-vous qu'il puisse maintenant se défendre contre les attaques de ses ennemis?

Ulysse Tiersicot. — Mais cela se comprend. Au lieu de marcher à l'ennemi comme un seul homme, il pourra s'élever comme un seul tas de pierres et de moellons. Cela est plus sûr et plus solide. Et puis, ajoutez à cela cet autre avantage que je lui ai ménagé et auquel vous n'avez pas pensé. En supposant que le peuple se vît un jour en proie à la famine, ce qui, du reste, me paraît fort peu de chose, et qu'il voulût se soustraire aux conséquences qu'elle entraîne, il pourrait très facilement s'échapper à ses ennemis par le trou de *souris* percé par deux *mulots* que nous avons appelés du beau pays de France. Vous voyez que j'ai pris toutes mes mesures et que je suis loin d'être aussi coupable qu'on veut bien le dire.

Le président. — Votre trou de *souris* ne prouve qu'une chose, c'est que vous êtes plus malin qu'un *chat*, mais vous n'en êtes pas moins coupable aux yeux du pays, et nous requérons contre vous la peine du talion. Vous nous avez placé un monceau de pierres sur le dos, nous vous le mettrons sur les épaules, et vous le porterez jusqu'à ce que vous soyez parvenu à le secouer pour vous affranchir de son poids.

L'assemblée consultée condamne *Ulysse Tiersicot* à être enfermé dans les casemates les plus profondes et les plus sombres, pratiquées sous l'un des calorifères dont son vaste paravent est embelli.

Le troisième prévenu est appelé.

Le président. — *Crésus-Argentivore*, levez-vous.

L'accusé se lève en poussant un soupir.

Le président. — Vous êtes accusé d'avoir dilapidé les deniers publics, en les employant à salarier la vénalité des consciences. Vous êtes aussi prévenu d'avoir établi arbitrairement des impôts sur les objets de consommation destinés à l'alimentation du peuple, tandis que vous auriez pu prélever ces contributions sur tout ce qui constitue les objets de luxe ou de nécessité secondaire. Qu'avez-vous à objecter pour vous justifier aux yeux du tribunal?

Crésus-Argentivore. — D'abord, et avant de présenter ma justification, je prie le ministère public de préciser chaque chef d'accusation ; j'attache la plus grande importance à cette distinction préalable.

Le président. — Il va être fait droit à votre requête.

Vous avez établi des impôts sur le vin, sur le tabac, sur le sel, sur le jour qui éclaire le peuple et sur l'air qu'il respire ; vous avez grevé de droits exorbitans les viandes communes et de première nécessité, pour les masses pauvres et laborieuses, alors que vous pouviez, avec plus d'équité, les asseoir sur les voitures et les chevaux de luxe, dont l'éclat est une insulte à la misère, à la détresse du peuple, ainsi que sur le gibier et les volailles destinées à nourrir les sept péchés capitaux du riche, gorgé d'or et rassasié de plaisirs. Vous auriez également pu grever les amusemens, qui ne sont que du domaine de la richesse, telle que la chasse et les meutes nombreuses et inutiles, afin de diminuer, par ce moyen, les impôts qui ruinent les chaumières, où vivent dans les larmes et dans la misère tant de vieillards et de petits enfans, dont un seul vaut mille fois mieux que tous les chiens ensemble.

Crésus-Argentivore. — Je vais répondre avec franchise et tâcher de détruire, une à une, les accusations qui pèsent sur moi.

Le président. — Et sur votre conscience.

Crésus-Argentivore. — Si j'en avais une, oui ; mais je l'ai perdue depuis long-temps, et je serais fâché de la retrouver maintenant, car je me trouve assez bien de son absence.

Le président. — Dites que vous l'avez vendue, cela sera plus conforme à la vérité.

Crésus-Argentivore. — Vendue si cela peut vous faire plaisir. — Ne jouons pas sur les mots ; toujours est-il que je ne la regrette pas, vu que j'en ai trouvé un prix fort raisonnable, et attendu surtout que la valeur de cet article de commerce est considérablement diminuée, depuis qu'on en fabrique en *gomme élastique.* Je passe à ma justification.

D'abord, je dirai que je n'ai pas dilapidé les deniers publics, comme on l'assure. J'en ai fait un bon usage, pour moi et pour mes amis; cela est de toute justice, charité bien ordonnée, etc., vous savez le reste; quant aux autres chefs d'accusation, voici ce que j'y réponds.

J'ai établi des impôts sur le jour et sur l'air. J'ai bien fait d'en agir ainsi, car si le peuple avait trop de lumière, il pourrait considérer et regarder bien des choses d'un mauvais œil, comme il pourrait mettre un jour tout en l'air, si ce dernier élément lui était livré sans bourse dé= liée. Quant au tabac, il est juste qu'il soit aussi taxé par le fisc; car, sans cette condition, le peuple fumerait tant, il ferait tant de fumée, qu'on n'y verrait plus goutte. Toutes les bouches seraient métamorphosées en machine à va-peur. — Et puis, d'un autre côté, si le tabac en poudre était mis à la portée de tous les nez, la nation tout entière ne serait occupée qu'à éternuer, et alors que le budget s'adresserait à la générosité bien connue des citoyens, il n'en recevrait plus que cette inutile et infertile réponse : *que le bon Dieu vous bénisse;* or, cela ne remplit pas as-sez la bourse. Il est donc juste d'empêcher autant que pos-sible le peuple d'éternuer. D'ailleurs, s'il n'employait pas ses petites économies à payer le fisc, pour en obtenir le droit d'avoir du bon tabac dans sa tabatière, il pourrait enfin se décider à les employer à acheter une autre es-pèce de poudre pour la jeter ensuite aux yeux de ses en-nemis, et il faut éviter cet inconvénient pour ne pas dé-plaire à nos voisins. Passons aux chevaux et aux voitures. Il me semble que c'est déjà bien assez d'être obligé de nourrir des chevaux et d'entretenir des équiqages, qu'il faut frotter et polir chaque jour pour en faire ressortir le vernis et l'argent qui les recouvrent, sans qu'il soit encore nécessaire de les soumettre à des impositions. Le peuple n'a ni chevaux, ni voitures, c'est bien le moins qu'il paie des contributions pour dédommager ceux qui en ont.

Je passe à la chasse et aux chiens plus ou moins de chasse. C'est avec raison qu'on n'a établi l'impôt ni sur l'une, ni sur les autres, car la première est déjà assez fa-tiguante pour le corps, sans que la bourse de ceux qui s'y livrent en pâtisse encore. Payer pour avoir le plaisir

de s'exquinter, serait une chose ridicule autant qu'injuste.
Mais les chiens, dira-t-on, pourquoi ne pas les imposer?
Cela est vrai; mais, comme ces quadrupèdes n'ont pas le
sou, il est impossible de les faire payer. Là, où il n'y a
rien, le roi perd ses droits. D'ailleurs, ces animaux sont
les emblêmes de la fidélité, et comme c'est là tout ce qui
reste de cette belle vertu, si on veut en conserver le souvenir dans le monde, il ne faut pas chercher à le faire dis-
paraître sous les coups d'une contribution qui seule peut
en faire diminuer la race. Je n'ai plus rien à ajouter à ces
hautes considérations bien dignes d'émouvoir les cœurs
de mes juges.

Le président. — Quelqu'habile que nous paraisse la défense de l'accusé, nous n'en persistons pas moins à main-
tenir sa culpabilité, et nous requérons contre lui la peine
prévue par nos lois à l'égard des exacteurs et des dilapi-
dateurs.

Le tribunal prononce une sentence qui condamne *Crésus
Argentivore* à finir ses jours dans un cachot où il n'aura
pour toute nourriture qu'une caisse remplie d'or et d'argent. Il sera, en outre, pris des mesures pour que le
jour et la lumière ne puisse jamais parvenir jusqu'au condamné.

Le président. — *Novatoreus,* levez-vous. Vous êtes accusé d'avoir usé de votre pouvoir pour travailler au ren-
versement du culte de nos illustres aïeux, et surtout vous
êtes atteint et convaincu d'être l'auteur d'un nouveau dia-
logue dans lequel on remarque les passages suivans :

> L'argent seul tu adoreras,
> Et aimeras parfaitement.
>
> . . . .
> Chaque pouvoir tu serviras,
> Et trahiras pareillement.
>
> . . . .
> Fidélité tu jureras
> A tout nouveau gouvernement.
>
> . . . .
> Du bien d'autrui seul tu vivras,
> Et retiendras injustement.

Qu'avez-vous à répondre à ces accusations ?

Novatorius. — J'ai trouvé les anciens commandemens trop vieux, et j'en ai proposé de nouveaux qui m'ont paru plus conformes à notre époque et beaucoup plus propres à satisfaire les besoins des passions humaines, passions que je regarde comme le véritable caractère de la grandeur de l'homme. D'ailleurs, j'ai juré de servir, par tous les moyens qui sont en mon pouvoir, le système auquel j'appartiens, et je tiens à accomplir mon serment en servant ses principes et ses doctrines. — Je suis payé pour cela.

Le président. — Et pour rester fidèle à votre serment, vous enseignez la doctrine du parjure et les principes de l'égoïsme.

Novatorius. — Ceux que je sers ne veulent que le bien de leurs semblables. Je crois avoir loyalement servi leur système d'*économie* industrielle.

Je suis fort de ma conscience. J'ai accompli mes devoirs.

Le président. — Le tribunal saura accomplir aussi ceux que lui impose la justice. Je requiers contre le prévenu la peine prévue par les lois qui régissent toutes les sociétés fidèles aux principes de l'honneur et de l'équité.

Le tribunal condamne *Novatorius* à faire amende honorable en présence du peuple, à avoir la langue coupée, et à passer le reste de sa vie dans un *des dépôts de mendicité* inventés par la *philanthropie.*

Seigneur ! murmura saint Louis, tes jugemens sont éternels, et c'est toi qui inspire aux hommes la sagesse et l'équité de la justice.

V.

L'illustre monarque fit signe de la main à *Fleur-d'Epine*, et tous deux s'éloignèrent de la prison au moment où le geôlier venait annoncer aux détenus que l'heure était arrivée de leur distribuer la soupe de la justice.

Après quelques minutes de marche, nos deux voyageurs rencontrèrent un groupe de personnes assemblées sur une place publique. Louis IX ne s'arrêta pas, Fleur-d'Epine le suivit, mais non sans regretter de ne pouvoir connaître l'objet de ce rassemblement.

Laissons le saint roi et le poète suivre leur chemin et continuer leurs pérégrinations. Il est bon que nous nous mêlions à cette réunion que nous venons de rencontrer.

Elle était formée de quatre personnages. Deux d'entre eux s'entretenaient d'une maniere fort animée : c'était un agent de police et un pauvre mendiant en pleurs. Les deux autres s'appelaient *saint Vincent-de-Paul* et *Souffrefort*. Ce dernier n'était rien autre que cet homme du peuple que Saint-Vincent de Paul avait pris pour son cicérone.

Or voici la conservation que l'un et l'autre écoutaient au moment où nous les avons trouvés arrêtés en face des deux interlocuteurs qui paraissaient ne pas s'apercevoir de leur présence.

4

VI.

L'agent de police, au mendiant. — Que faisiez-vous là tout à l'heure ?

Le mendiant. — Rien de mal, Monsieur.

L'agent de police. — Rien de mal ! rien de mal ! Au contraire, brave homme, car je crois vous avoir surpris en flagrant délit de mendicité... Hein ?...

Le mendiant. — Faites excuse, mon sergent ; je vous assure que...

L'agent de police. — Je vous dis que vous avez mendié, vil mendiant que vous êtes ; *y a pas, là ?...* Allons, répondez... Est-ce vrai, oui ou non ?

Le mendiant. — Mais, en supposant, quel mal ai-je donc fait ?

L'agent de police. — Beaucoup ; la loi défend de mendier, et je vous arrête : voilà !

Le mendiant. — Je n'ai pas d'ouvrage ; je n'ai pu m'en procurer. Je suis malade et mes enfans sont nus. Ils ont faim, les pauvres innocens ! et ils attendent le retour de leur père, en pleurant des larmes de douleur et d'espérance ! Je suis honnête homme, Monsieur ; je ne puis laisser mourir les enfans que Dieu m'a donnés, et vous ne voudriez pas arracher un père à de pauvres petites créatures qui ne vous ont rien fait.

L'agent de police. — Je ne connais que mon devoir et ma consigne; je dois vous arrêter, c'est tout ce que je puis faire pour vous être agréable. Pourquoi ne vous êtes-vous pas fait admettre à l'hôpital?

Le mendiant. — Je n'ai pu m'y faire recevoir. D'ailleurs, qui aurait eu soin de mes enfans?

L'agent de police. Ce n'est pas mon affaire. Allons, en route! suivez-moi.

— O mon Dieu! murmura saint Vincent-de-Paul, c'est ainsi que sont traités les membres souffrans de Jésus-Christ. Et les pauvres petits enfans, ils ont faim, eux! et personne ne les assiste. Ils attendent leur père, et leur père va en prison pour avoir demandé du pain pour leur sauver la vie!

Tout en parlant ainsi, le saint homme marchait lentement, suivi de *Souffrefort*, qui essuyait ses larmes. Après avoir fait quelques pas dans une des rues qui avoisinent le Panthéon, un nouveau spectacle vint frapper leurs regards,

Un autre agent de police passait; une femme éplorée vint se jeter à ses genoux.

— Monsieur, lui cria-t-elle d'une voix déchirante, arrêtez-moi! arrêtez-moi! je vous en supplie, pour l'amour de Dieu!

— Pourquoi ça, la vieille? répondit l'homme de police; qu'avez-vous donc fait?

— Rien, Monsieur, mais je suis pauvre. J'ai deux petits orphelins que je ne puis plus nourrir, et je voudrais entrer dans un dépôt de mendicité; on m'a assuré que vous pouviez me procurer cet avantage en m'arrêtant, et que mes enfans aussi seraient placés dans une maison de charité.

— *Erreur mensongère*, brave femme, répliqua l'agent de la loi; je ne puis vous arrêter qu'en flagrant délit de n'importe quel crime.

— Un crime, grand Dieu! Mais je n'en ai jamais commis un seul, Monsieur.

— C'est précisément ce qui fait que je ne puis vous arrêter. Si vous aviez volé, si peu que ce fût, ou bien mendié, ne fût-ce qu'une fois, je vous *pinceerais*, et alors votre affaire serait réglée.

— Ainsi, ajouta la pauvre mère, pour être admis dans un dépôt, il faut s'être rendu criminel. Et si je mendiais, là, devant vous, vous me conduiriez dans un de ces asiles?

— Non pas, non pas, s'il vous plaît; mais on vous y *colloquerait* après vous avoir fait subir un jugement. La justice avant tout.

— Grand Dieu! s'écria l'infortunée, moi comparaître à la barre d'un tribunal! m'y voir accusée d'un crime!.... déshonorer mes enfans, le nom de leur père, un brave officier mort sur le champ de bataille pour la défense de son pays! Oh! mais cela serait trop cruel, mon Dieu! — cela est impossible!...

— C'est à prendre ou à laisser, la vieille, répondit l'agent de police. — Serviteur!

— Arrêtez, Monsieur, arrêtez!... O mon Dieu! pardonnez à une pauvre mère! Je ne puis laisser mourir mes enfans. — Monsieur, ajouta-t-elle, je vais me soumettre aux exigences de la nécessité, je vais mendier!...

Tout en parlant ainsi, l'infortunée courut se jeter aux genoux d'un passant; elle implora sa pitié, sa charité. Le passant lui glissa une pièce de monnaie dans la main, et, une heure plus tard, la malheureuse mère était écrouée à la Conciergerie.

A la vue de cette scène étrange, saint Vincent-de-Paul se prosterna pour implorer la divine clémence en faveur des indigens; puis il fit signe à son compagnon de le suivre, et tous deux s'éloignèrent, tristes et silencieux.

Cependant, au bout de quelques instans, *Souffrefort* dit à son compagnon :

— Comprenez-vous maintenant, illustre voyageur, pourquoi je voulais en finir violemment avec la vie, au moment où vous êtes venu m'arracher à mon désespoir, et pourquoi aussi tant d'infortunés finissent par le suicide? La foi s'éteint chaque jour; les grands du siècle ne font rien pour la conserver et pour la propager : heureux encore quand ils ne travaillent pas à sa ruine. La

charité existe à peine dans un petit nombre de cœurs —
elle est insuffisante. — Que voulez-vous que fassent ceux
que tourmentent la honte de la misère et le désespoir d'une
infortune sans issue apparente ?

Saint Vincent-de-Paul. — Mais tu n'as donc pas pensé
aux maisons inventées par la philanthropie ?

Souffrefort. — Jamais ! non jamais ! Mieux vaut mourir
que de subir une telle humiliation ! Souvenez-vous donc
qu'ils ont inscrit aux frontons de ces tristes réduits ces mots
honteux : *Dépôt de mendicité !* Oh ! mais, n'est-ce pas la
plus grande injure qui puisse être lancée au visage de
l'homme honnête et probe? *Dépôt de mendicité !* Honte à
ceux qui ont inventé cette affreuse dénomination ! car
c'est la preuve de la pluscomplète dé gradation de la bien-
faisance. On peut jeter une aumône au pauvre ; mais
l'humilier dans sa dignité d'homme en lui disant qu'on le
refoule dans un *dépôt,* cela n'est permis à personne — nul
n'a le droit de vouer son semblable à l'infamie — nul n'a
le droit de le flétrir !

Saint Vincent-de-Paul. — Cela est vrai, jeune homme,
la charité doit être noble autant que généreuse ; aussi voilà
pourquoi la religion catholique a placé cette inscription
au dessus de l'entrée de ses maisons d'asiles : *Hôtel-Dieu !*
c'est à dire : *hôtel* où Dieu *reçoit* et *traite* ses enfans.

Souffrefort. — A la bonne heure, au moins ! la religion
relève l'homme au lieu de l'abaisser au dessous de sa misère et de son infortune.

Saint Vincent-de-Paul. — Allons, jeune homme, espère et prie. Dieu est grand. Ses bontés sont inépuisables. Il
humilie l'orgueil des superbes, et élève jusqu'à lui les hum-
bles et les pauvres... Quel est ce monument ?

Souffrefort. — C'est le Panthéon. Jadis on l'appelait
Sainte-Geneviève, attendu que ce temple avait été élevé
pour rappeler la mémoire de l'illustre protectrice de Paris.
Mais la révolution a passé là aussi, et maintenant les reli-
ques des saints ont fait place à la cendre des régicides, des
guillottineurs, des impies, des apostats, des philosophes
menteurs et des ravageurs de nations; enfin, l'abomina-
tion et la désolation sont dans le lieu saint !

VII.

Tout en écoutant son compagnon, l'illustre saint paraissait profondément affligé, et son regard se tournait vers le ciel, comme pour implorer la clémence du Dieu des miséricordes. *Souffrefort* suivait en silence, et tous deux continuèrent ainsi, pendant quelque temps, leurs pérégrinations.

Tout à coup Vincent-de-Paul s'arrêta, et, s'adressant à son cicérone : — Quel est cet autre monument? lui demanda-t-il.

Souffrefort. — C'est le collége de France. C'est ici que d'illustres savans enseignent la jeunesse avide de science.

Saint Vincent-de-Paul. — C'est une belle et sainte mission que celle d'instruire ceux qui doivent former la génération future, et le pouvoir sait sans doute comprendre que la vertu et la sainteté des mœurs doivent être inséparables de la science, chez les professeurs.

Souffrefort. — Hélas!...

Saint Vincent-de-Paul. — Que veux-tu dire, jeune homme?

Souffrefort. — Je veux dire que les temps sont bien changés? car, sachez, illustre voyageur, que vous seriez dans l'erreur si vous pensiez que la religion de nos pères est encore celle de la plupart de nos professeurs. On en voit, au contraire, et des plus illustres, qui, pour gagner leurs traitemens, enseignent que la religion catholique *est usée*; qu'elle doit être considérée comme un instrument politique, et qu'il faut qu'elle subisse une réforme, pour l'harmoniser avec les idées révolutionnaires.

Il y a même des orateurs qui ont osé proclamer,—je ne dis pas où, — que la religion est un objet de mode. Après cela, vous ne serez plus étonné d'apprendre que l'on rencontre certains professeurs qui enseignent la morale après avoir enseigné la doctrine de l'incrédulité quelques heures auparavant, — et d'autres aussi, dit-on, après avoir trempé leurs mains dans le sang des révolutions et mangé leur part du cœur de leurs victimes.

Saint Vincent-de-Paul. — Alors il ne doit plus y avoir de charité dans le monde. Que deviennent les pauvres et les petits orphelins ?

Souffrefort. — La philanthropie remplace la charité. Au lieu de pleurer avec ceux qui pleurent, on rit, on chante, on joue et on danse la polka et autres choses semblables, pour soulager les malheureux indigens et les pauvres orphelins. Et il arrive chaque jour que nos bienfaiteurs, ivres de vin et de plaisirs, foulent aux pieds, en sortant des bals et dès théâtres, les cadavres inanimés des infortunés pour lesquels sont donnés les fêtes et les spectacles dont le produit n'arrive presque jamais à ceux qui l'attendent.

Tandis qu'ils s'entretenaient ainsi, nos deux voyageurs marchaient toujours. Parvenus aux environs du palais du Louvre, vers lequel ils s'étaient dirigés, ils rencontrèrent deux personnes qui, comme eux aussi, semblaient marcher en observateurs à travers les rues silencieuses de la capitale.

Ces nouveaux personnages n'étaient autres que Napoléon et son compagnon, le vieux grognard que nous avons laissé avec le grand homme au pied de la colonne Vendôme.

Comme saint Vincent-de-Paul et *Souffrefort* s'en vont visiter l'église Saint-Germain-l'Auxerrois et reconnaître les traces du vandalisme révolutionnaire de notre siècle de lumières, pour se rendre ensuite sur les lieux à jamais trop célèbres où était situé, naguère encore, le palais de l'Archevêché, souillé, dévasté, pillé et saccagé *au nom de la liberté* — soit dit à la honte de ceux qui n'osent plus passer par là sans se couvrir le visage — nous allons suivre les nouveaux personnages que nous venons de rencontrer, et, si le lecteur veut bien nous accompagner, nous le conduirons dans le corps-de-garde où nous attendent le grand Clovis et *Meâ Culpâ*; car c'est là que le petit caporal vient d'entrer avec son compagnon, que nous appellerons *Balafré*, illustre nom de guerre que lui ont valu les nombreuses blessures qu'il a reçues sur vingt champs de bataille.

VIII.

Lorsque Napoléon se présenta, suivi de *Balafré*, à la porte du poste où nous arrivons, le factionnaire s'écria :
— On ne passe pas !

Napoléon. — Je puis entrer ici, j'en ai bien le droit. Je veux parler à l'officier qui commande le poste.

Le factionnaire. — Mon officier ne parle pas à tout le monde.

Napoléon. — Je ne suis pas tout le monde, moi !

Le factionnaire. — Qui donc *que* vous êtes alors ?

Napoléon. — Cela ne te regarde pas.

Balafré. — Attrape !... Allons, en avant !... Va demander à ton officier s'il faut qu'il entre, et, s'il veut qu'il entre, il entrera, j'entrerai, et nous entrerons.

Le factionnaire.—après avoir adressé sa demande de la porte, — revient et introduit Napoléon, mais il retient Balafré. — Quel est donc ce tondu-là, à la fin des fins ? demanda-t-il. C'est donc un prince de Monaco ou autre ?

Balafré. — Mieux qu'ça, mon brave ! c'est le vainqueur des Pyramides et de plusieurs autres parties du globe plus ou moins civilisées.

Le factionnaire. — Diable ! c'est pas de la moutarde après dîner. Qu'est-ce que c'est qu'ça, les Pyramides ?

Balafré.—C'est un pays *là où c'que* la terre n'est que du sable, et où l'on monte à cheval sur des chameaux et sur des éléphans.

Le factionnaire. — T'as vu ça, toi, l'ancien ?

Balafré. — Comme je te vois ; et c'est dans ce beau

bijou de pays que j'ai reçu le brevet de capacité que tu vois là gravé en grosses lettres sur le parchemin enfumé de ma figure.

Le factionnaire, après un long soupir. — On n'en reçoit plus guère aujourd'hui de ces brevets-là.

Balafré. — Malheureusement pour toi, mon garçon.... Mais, en récompense, on reçoit des soufflets en grande quantité, et il y en a pour tout le monde.

Le factionnaire. — C'est pas du tout la même chose pour la figure. Corbleu ! j'aime pas cette monnaie-là, moi : car je préfère jouer de la clarinette en douze temps pour faire danser *la Marseillaise* à un tas de chenapans et de propres à rien qui n'allongent les ongles et les dents que pour ronger un morceau de l'honneur et du sol de la patrie.

Balafré, serrant la main du factionnaire. — C'est bien ça, mon brave. Je te donne mon estime générale et particulière. Tu es taillé pour les lauriers de la gloire, et, mille millions de mitrailles ! c'est bien dommage que tu n'aies pas servi autrefois avec l'ancien qui vient d'entrer !

Le factionnaire. — Ah ! pour ça, camarade, c'est bien vrai ce que vous dites-là : car si j'étais pas venu au monde si tard, je sens là, à l'endroit où me bat le cœur, que j'aurais fait un Godefroy de Bouillon consommé. Mais, aujourd'hui, il n'y a plus rien à refrire.

Balafré. — Patience, patience ! mon brave ami ! la France n'a pas encore dit son dernier mot. Elle a encore quelques vieux comptes à régler avec ses ennemis, et j'ai bien idée que, si une fois les Français se mettaient en train d'additionner tout, les autres auraient du mal à trouver assez de monnaie pour solder leurs anciennes dettes...

Le factionnaire. — Sans compter les nouvelles.

Balafré. — Silence ! mille millions ! Voilà quelqu'un qui se dirige par ici. Qu'est-ce que c'est ce grand-là avec son paletot de fer-blanc et sa culotte idem ?

Le factionnaire. — Connais pas !...

Balafré. — On fait du bruit par là ; je vas voir ça. Au revoir, camarade.

IX.

Au moment où *Balafré* entrait dans le corps-de-garde, il rencontra Clovis et *Meâ Culpâ* qui en sortaient; puis, il aperçut Napoléon s'entretenant avec un ancien officier, tandis que les soldats du poste dormaient sur le lit de camp, près duquel deux seulement s'occupaient à jouer aux cartes sur une planche qui leur servait de table.

Balafré se plaça derrière ces deux derniers et se mit à suivre les chances du jeu avec une aussi grande attention que s'il eût été intéressé à la partie. Mais, tout en jouant ainsi, les deux militaires n'oubliaient pas de se livrer aux douceurs de la conversation, et peu à peu ils s'aventurèrent dans le domaine de la politique, à la grande satisfaction de Balafré, qui ne manqua pas de placer aussi quelques mots à l'occasion.

Le premier joueur. — Du cœur! toujours du cœur. Je coupe... Recœur, et j'en ai encore après.

Balafré. — Bravo! camarade; avec cet atout-là, un Français gagne toujours la partie.

Le deuxième joueur. — Vive le roi! Ah! ah!

Le premier joueur. — Voilà la dame!...

Balafré. — Tu n'as donc pas un roi dans la *manche?*

Le second joueur. — Je n'ai qu'une dame, dans la *manche*; mais, en revanche, cette dame-là est servie par les valets de ton roi de cœur, et ça revient au même.

Balafré. — En voilà une fine mouche!

Le second joueur. — Tiens, voilà du carreau pour ton autre roi.

Balafré. — Le dix de carreau! Ah! pour le coup, voilà

un roi qui pourra se flatter d'y voir clair, — à moins qu'il n'ait les yeux crevés.

Le premier joueur. — Valet de trèfle !

Le second joueur. — Il n'a pas de cœur ton valet, je le coupe.

Balafré. — Enfoncé ! l'ancien, tu as perdu la partie. Encore un drogue de plus sur ton nez.

En ce moment, la voix de Napoléon se fit entendre.

— Ainsi donc, disait l'illustre guerrier, voilà l'état actuel de l'armée française. On a brisé la force et l'influence des chefs qui la commandent. Chaque coup porté par leurs bras valeureux se trouve paralysé par la crainte d'un désaveu. Oh ! s'il en est ainsi, il ne leur restera bientôt plus qu'à briser leurs épées pour assister ensuite, les bras croisés, à la destruction complète de toutes les gloires de la France. Ah ! Soult ! Soult ! toi naguère si brave ! si loyal ! qui aurait dit alors que tu tomberais un jour aux genoux des ennemis qui ont été la cause de tes triomphes et de ton élévation ?

J'avais donc bien raison de dire, du haut du rocher qui m'a servi de lit de mort, que la France serait, dans cinquante ans, cosaque ou république ! Elle marche à grands pas vers la décadence de toutes choses ; elle a mis un pied sur le penchant de deux abîmes qu'elle-même s'est creusés, et, si Dieu ne vient à son aide, le temps n'est pas éloigné où l'on verra s'accomplir la ruine de toutes ses grandeurs. —Adieu! Messieurs.—Puis le grand homme fit signe à *Balafré*, et tous deux s'éloignèrent à grands pas. Ils marchaient avec une vitesse dont *Balafré* ne pouvait s'expliquer la cause. Après avoir parcouru un grand nombre de rues étroites et tortueuses, ils arrivèrent en face de l'embarcadère du chemin de fer d'Orléans.

Napoléon. — Que signifie ceci ?

Balafré. — C'est un chemin de fer, Sire, ni plus ni moins. On voyage maintenant par la vapeur, sur mer et sur terre. Après avoir cassé les bras aux ouvriers, on casse les jambes aux chevaux, et c'est par la vapeur qu'on remplace les membres des hommes laborieux et des animaux les plus utiles.

Napoléon. — Et que fait le peuple? A quoi est occupée cette masse de citoyens remplacés par la vapeur dont je n'ai pas voulu, parce que je n'ai jamais aimé que la fumée de la poudre?

Balafré. — Il vit bourgeois.

Napoléon. — Mais qui donc le nourrit?

Balafré. — L'espérance!... Il attend les alouettes rôties qu'on lui a promises en 1830.

Napoléon. — A quoi servent ces chemins de fer?

Balafré. — Ils servent à amuser les niais et à transporter les voyageurs avec la vitesse d'une bombe. Quinze lieues à l'heure! rien que cela. Ainsi, vous avez cent lieues à faire, eh bien! au bout de quelques heures, vous arrivez à bon port, à moins que vous ne soyez métamorphosé en *beef teack* ou en poulet rôti. Mais le Français n'y regarde pas de si près, et cela ne l'empêche pas de se confier aveuglément à ces espèces de poêles à frire.

Napoléon. — Grand Dieu! Mais que viens-je de voir là à quelques pas d'ici?

Balafré, se dressant sur la pointe des pieds en ouvrant de grands yeux. — Où ça, mon empereur?

Napoléon. — Cette muraille! quelle est cette muraille?

Balafré. — Ça?... pardon, excuse, sire, mais ce sont les fortifications de Paris.

Napoléon. — Les fortifications de Paris?... Honte et opprobre! Mais qui donc a osé inventer cet affreux système de défense et d'embastillement?

Balafré. — On dit que cette idée a été suscitée par un petit homme qui affecte, comme vous, de marcher les bras croisés derrière le dos, et de prendre du tabac dans une poche de cuir. Il a prouvé à ses amis, pour les décider à adopter *son plan de campagne*, que vous aviez eu l'idée d'entourer Paris d'une muraille flanquée de forts et de bastilles, casematés, bastionnés et tout le tremblement....

Napoléon. — Cet homme a menti à la France! Jamais je n'ai insulté le peuple, jamais je n'ai eu peur des armées étrangères. C'est une maladie qu'il a placée dans l'intérieur de ma belle et noble patrie. Cette muraille est un anévrisme dont chaque déchirure portera un coup cruel au cœur de la nation... Eloignons-nous de ces lieux désolés. La vue de cet amas de pierres et de moellons me fait horreur....

Hélas! mon Dieu, murmurait le grand conquérant tout en s'éloignant, ils ont invoqué ma mémoire pour doter la France de ces stupides remparts!...

Comment se nomme cet embastilleur dont tu m'as parlé? ajouta-t-il.

Balafré. — Il se nomme Thiers. C'est un ex-ministre.

Napoléon. — Thiers!... je ne le connais pas... Et Soult qui prête la main à tous ces tripotages... Qu'est-ce que je vois là dans le lointain, tiens, ici tout droit à l'horizon?

Balafré. — Mon empereur, c'est l'Arc-de-Triomphe de la barrière de l'Etoile. C'est le monument élevé à la gloire de vos armées et destiné à perpétuer la mémoire des illustres victoires de votre règne.

Napoléon. — Très bien!

Après quelques minutes de marche nos deux voyageurs se trouvèrent en face du Palais-Bourbon : l'empereur s'arrêta.

— On a reconstruit ce monument, à ce que je vois, demanda-t-il.

Balafré. — Pardonnez-moi, sire, on l'a tout simplement reblanchi, en grattant toutes les vieilles taches, toutes les vieilles noirceurs que le temps y avait laissées.

Napoléon. — Ils ont bien fait! c'est une bonne action que celle-là.

Balafré. — C'est vrai; mais du train que vont les choses, il y a tout lieu de craindre que ce palais ne conserve que bien peu de temps l'éclatante blancheur que vous lui voyez.

Les temps sont durs, et à la longue tout s'use, tout se flétrit, même les plus somptueux palais, surtout quand les gens qui les habitent ne sont pas d'une excessive propreté.

Tout en s'entretenant ainsi, nos deux interlocuteurs avançaient toujours. Bientôt ils arrivèrent en face des baraques dites le palais de l'industrie.

Napoléon. — Entrons ici.

Balafré. — Impossible, mon empereur. Toute l'industrie est tombée dans l'eau. Chaque produit est occupé à prendre un bain dans les flots que la pluie y a amenés. C'est un véritable déluge.

Napoléon. — Mais c'est une ruine pour les exposans !

Balafré. — En effet, sire. Mais ces Messieurs vont aller s'en consoler à Versailles où ils doivent danser la *polka* en face des grands hommes de la patrie. On improvise pour nos fabricans une brillante fête qui leur sera donnée comme une fiche de consolation. Car, même dans le malheur, le Français se rattache à toutes les branches. On dit que le pouvoir en fait autant, je veux dire qu'il se rattache aussi à toutes les branches — excepté aux branches de lauriers pourtant. —

Napoléon. — Je comprends. Mais qu'est-ce que c'est que cette *polka* dont tu me parles?

Balafré. — C'est une danse de *Cosaques*, — à ce que j'ai oui dire. — Jadis on dansait la *carmagnole*; de votre temps, mon empereur, vous faisiez danser la *marseillaise* au son de la *clarinette* et du cornet à mitrailles ; vous faisiez aussi valser les étrangers au bruit de la musique guerrière et de tout le *tremblement*, après vous on a dansé le *cancan*, mais lorsqu'on a vu que le peuple cancanait trop et trop souvent, on a inventé la *polka*, autre menuet qui n'était connu que des Cosaques et des frotteurs de parquet. Voilà, mon empereur.

Napoléon. — Tu vois donc bien que le Français tourne au cosaque.

Balafré. — Dam ! on voulait le faire tourner en bourrique.

Napoléon. — Allons plus loin.... ah ! ah ! voilà la Madeleine.... Cet édifice n'est pas convenable par sa forme, on croirait voir un monument de carton ; il n'a pas la majesté de nos anciennes basiliques.

Après quelques minutes de marche, Napoléon se retrouva en face de la grande colonne ; alors il s'arrêta, et portant la main sur son cœur, comme pour en comprimer les émotions, il s'écria : — Oh ! mes vieux braves, je retrouve ici le souvenir de votre courage et de votre valeur, chacun de vous se retrace à ma pensée. Ce monument me rappelle chacun des noms que vous avez portés avec honneur, ici, le trophée des gloires de la France, et là, sous ce dôme qui resplendit au soleil, au milieu des braves mutilés que j'ai laissés derrière moi, la tombe muette où reposent mes restes inanimés. O France! ô ma patrie! que ne les as-tu laissés sur le rocher qui m'a vu mourir, loin de cette terre où mes cendres sont appelées à être les témoins des coups portés à ta grandeur et à ta gloire?

Puis, s'adressant à Balafré, le grand homme ajouta:

— Suis-moi, mon brave. J'entends le signal qui me rappelle là haut.

Quelques minutes plus tard, tous deux étaient arrivés au milieu de la place du Carrousel, où se trouvaient réunis tous les personnages que nous avons vus figurer dans cette histoire.

Les illustres revenans se regardèrent un instant en silence, et leurs cicérones, saisis d'étonnement, attendirent avec anxiété la fin des événemens dont ils venaient d'être les témoins.

Tout-à-coup, le grand Clovis prit la parole et s'exprima en ces termes:

— Seigneur, protégez le trône que j'ai fondé, conduit par la force de votre toute-puissance, et daignez détourner votre colère des enfans de la France.

Après ces paroles, le grand roi se tut et saint Louis parla à son tour.

— O Dieu puissant et éternel, inspirez aux grands de la terre la sagesse et la justice, et ne souffrez pas que l'iniquité renverse dans son passage les bienfaits que vos miséricordes ont semés sur les traces de cette longue suite de rois dont vous m'avez rendu le père.

Vint ensuite le tour de saint Vincent-de-Paul.

— Mon Dieu! disait l'illustre bienfaiteur de l'humanité, faites germer encore la charité aux cœurs des enfans de la terre, ayez pitié de l'innocence opprimée, éclairez les aveugles, convertissez les infidèles et daignez aussi protéger les pauvres affamés, les affligés sans secours, les malheureux sans espérance et les orphelins sans asile et sans soutien.

Enfin, Napoléon prononça aussi ces belles et nobles paroles :

— Souverain monarque de l'univers, daignez jeter un regard sur la France, sauvez sa gloire, conservez-lui sa grandeur, et ne souffrez pas que les nations étrangères étendent jamais leur puissance jusqu'au sol de ma patrie, que vous avez faite la terre des héros !!

X.

Après avoir ainsi prié, les illustres revenans s'élevèrent vers le ciel, et quelques instants plus tard, *Meâ Culpâ*, *Fleur-d'Epine*, *Souffrefort* et le *Vieux Soldat* s'entretenaient entre eux de tout ce qu'ils avaient vu et de tout ce qu'ils avaient entendu.

FIN.

www.ingramcontent.com/pod-product-compliance
Ingram Content Group UK Ltd.
Pitfield, Milton Keynes, MK11 3LW, UK
UKHW021000120726
13693UKWH00004B/1744